KB065521

위
미,

동
백
또
동
백

위미,

동백 또

동백

김상진 시집

반달뜨는꽃섬

시인의 말

언젠가부터 막연히 '살면서 내가 만든 시집 한 권 정도는 꼭 가져 보고 싶다'는 소망을 간직해오다 문득, 이왕이면 육십 갑자가 돌아오는 회갑에 맞춰 책을 내면 좋겠다는 생각이 들어 그동안 틈틈이 모아둔 습작을 묶어보았다. 하지만 가슴 설레던 기대감도 잠시, 시를 전공하지도 않았고 딱히 시에 대한 공부를 따로 한 것도 아니어서 걱정이 앞섰는데, 우연히 시골 어르신들이 만든 구수한 시집을 접하고는 용기가 생겨 "그래. 그냥 내가 평소에 생각하던 대로 편하게 이야기해 보자"라며 부끄러움을 무릅쓰고 시집을 내기로 결정했다.

시를 사랑하는 사람으로서, 가끔 시중에 나오는 시집을 접할 때마다 시가 너무 어렵게 여겨질 때가 많았던 터라, 비전문가인 나는 가벼운 마음으로 누구나 읽고 이해하기 쉽게, 또 가능

한 짧은 글로써 내 생각을 이야기하고 싶었다. 행여 다듬어지지 못하고 미숙한 표현들이 있더라도 이해해 주시길 간곡히 부탁드리며, 더 나은 방향으로 가고자 꾸준히 시를 습작하겠다는 약속도 아울러 드리는 바이다.

내가 생각하는 일말의 문학적 감성은 어려서부터 글쓰기를 좋아하던 형(시인이자 소설가인 김 득진 작가)의 전적인 영향을 받아, 따라 하기를 통한 습득이었고 또한 그것이 내가 글을 미흡하게나마 쓸 수 있게 해준 원동력이었다고 감히 말씀드릴 수 있으며, 늘 마음속으로 고맙게 생각하고 있다.

보잘것없는 시집 한 권 내느라 혼자서 부산 떨며, 얼마 전 TV에서 방영된 '재벌 집 막내아들'의 진 회장이 제일 싫어하는 '돈 안 되는 일' 벌이는 나에게, 딱히 말리지 않고 묵묵히 지켜보며 책을 낼 수 있도록 격려해 준 아내와 두 딸 그리고 좋은 이야깃거리와 알량한 재능이라도 물려 주신 사랑하는 부모님께도 감사드리고, 홀로 계신 어머니 모시느라 애쓰는, 칠순 넘은 고마운 누나에게도 감사한 마음을 따끈한 시집으로 대신 전하고 싶다.

또한 나이 더 들기 전에 버킷리스트 중의 하나를 이룰 수 있
도록, 좋은 인연으로 책자가 깔끔하게 작업 되어 세상에 나오
게 도움 주신 '반달뜨는꽃섬' 이은선 대표님께 감사드린다.

김상진

차례

2부 · 부모님 그림자에 기대어

| 에필로그 |

사람들 사이로

믹스커피

사람답게 살고 싶어
새벽부터 바쁘게 기계처럼 돌아가는
거룩한 노동 속에서
그래도
하루에 한두 번쯤
우리의 고단함을 녹여주던 달달함이여

땅따먹기

학교에서 돌아오자마자 책가방 내팽개치고
친구들 몇 명이 모여 집 앞 공터에서
손이 부르트도록 땅따먹기를 한다

해지도록 배고픈 것도 잊은 채
땅이 보이지 않을 때에서야
아쉬운 마음으로 집으로 돌아가면서
손에 쥐고 가는 것은
고작 손톱에 낀 흙먼지 한 톨

너른 공터를 열심히 누비며 땅을 따먹었건만
저녁 먹고 정작 몸 누일 곳은
우리 다섯 식구 방 한 칸

희망 세탁소

일주일간 모아두었던 세탁물을 들고
동네 빨래방으로 들어선다

하얀 와이셔츠에 묻은 상처 받은 말
청바지에 들러붙은 버리고 싶은 기억
삼겹살집에서 쏟아내던 삶의 기름때
속옷까지 스며들던 사람 살이의 고단함

거품과 함께 세차게 쏟아지는 물줄기 속으로
내 몸까지 함께 돌려버리고 싶던 그곳에서
좌우로 힘껏 몸 비틀며 토닥여주던
1시간 30분의 위로

살림 밑천

나에겐 우리 집 살림 밑천이었던 누나가 있다
중학교 졸업 후
그렇게 하고 싶던 공부는 포기한 채
집에는 고등학교 보내 달라는 말 한마디 못해보고
줄줄이 달린 남동생들 공부시켜야 한다며
당연히 봉제공장으로, 신발공장으로 돈 벌러 나갔던
우리 집 살림 밑천

몇 푼 안 되는 벌이지만 그나마 전부 살림에 보태고는
쥐꼬리 야간수당으로 용돈 쓰고
틈틈이 동생들 옷가지랑 과자 부스러기 챙기며
자랑스러운 누나가 되고 싶었던 우리 집 살림 밑천

입이라도 덜어보려 기숙사에서 지내며
야간 고등학교에 입학해
밤늦도록 공부하다 돌아오는 길은
학교 다니던 친구들을
마주칠 일 없어 오히려 다행이었던 지친 발걸음

동생들이 하나둘씩 고등학교, 대학교에 입학할 때마다
내 일처럼 너무나 뿌듯하고 자랑스러워
고단한 직장 생활조차 잠시나마 행복할 수 있었던
밥벌이가 삶의 전부이던 시절의 우리 집 살림 밑천

비록 가족들이 아무도 알아주지 않고
고맙다는 내색하지 않아도
한 번도 서운한 적 없었던

어쩌면 엄마보다 더 짠했던 우리 집 살림 밑천

출세

사람들 앞에 나서지 않고
이름 드러내지 않고
혹은
나서지 못해
드러낼 수 없어
그저
묵묵히 하루를 살아가는 사람들이 묻는다

그렇게 세상 밖으로 나서니
행복한가?
성공했는가?

나랏말씀

4월 어느 봄날
1160번 버스를 타고
광화문 거리를 지나가다
때마침 전국을 뒤덮은 황사로
심하게 자존심 구기며 앉아 있는
세종대왕님을 바라본다

백성들을 그토록 어여삐 여기시어 만든
우리의 멋진 한글은
광장에서 난무하는 피켓들에서조차 외면받고
거리 양쪽으로는 영어 간판들에 포위당한 채
무릎 위 펼쳐 놓은 나랏말씀만
눈알이 시리도록 내려보고 계신다

광복절

TV에서

광복절 기념식 중계방송이 한창이다

그래! 오늘같이 의미 있는 날은 태극기를 달아야지

한동안 잊혀 있던 낡은 태극기를 찾아

거실 서랍장을 열심히 뒤지고 있는 데

내 쪽으로 얼핏 눈길 한번 주고는

태극기 대신 열심히 빨래만 널고 있는

결혼 이십 년 차 내 아내

용돈

지방에서 올라와
홍대 부근 옥탑방에서 월세를 살며
3년째 틈틈이 구직활동 중인 청년
생활이 빠듯해서
고향에 계신 부모님께 용돈 한번 보내 드린 적 없지만
매월 말일이면
얼굴도 기억나지 않는 집주인에게
어김없이 용돈을 보낸다

좌판

개봉역 계단 중간쯤
깡마른 체구로 힘겹게 새벽을 걷어내곤
무심한 표정으로 떡 좌판 벌인 아주머니

대학 3학년 딸아이 등록금 걱정
군대 간 아들 걱정
며칠 앞으로 다가온 남편 제사 걱정들은
좌판 모서리에 슬쩍 비켜둔 채

허기진 서민들의 뱃속이라도 채워주려
오늘도 어김없이
빠듯한 아침 길목을 지키고 앉았다

주인의식

월요일 아침 회의 시간
몇 안 되는 직원들이 빙 둘러앉아
사장님의 훈시를 반쯤 졸며 듣고 있다
혼자 심각해진 사장은 다소 흥분된 목소리로
주인의식을 강조하고
고개를 숙이고 듣고 있던 나는 생각한다
이십 년을 근무한 회사에 내 것이라곤
책상 밑에 벗어 둔
낡은 구두 한 켤레뿐인 것을

모하메드에게 보내는 편지

시화공단 염색공장에서 3년째 결근 한번 없이
시도 때도 없는 야근에도 싫은 내색하지 않고
기숙사 좁은 방을 외로움과 서러움으로 가득 채운 채

월급통장 들여다보는 재미로 버티는
방글라데시에서 온 모하메드는
다행히 비록 최저임금이어도
월급은 꼬박꼬박 챙겨주는 좋은 사장 만나
월급 대부분은 고향에 보내지만

한 달에 한 번은
이웃 나라에서 온 친구들과 치맥 파티도 하고
늦은 밤엔 가족들과의 영상통화로 그리움을 달랜다

자랑스럽고 대견한 21살 모하메드야!
이젠 제법 작업반장이 시키는 일도 눈치껏 알아듣고
식당 이모랑 가끔 농담도 할 정도로
한국말도 많이 늘었구나

네가 보내준 돈으로 고향에서는

가족들이 걱정 없이 살 만해서

병든 어머니가 이제 고생 그만하고 돌아와

조그만 구멍가게라도 하나 차려서

함께 살자고 재촉하지만

그래도 아직은 아니라며

밤마다 낡은 작업복을 깨끗이 빨아 널고

고단한 내일을 두근거리며 맞을 준비를 한다

부모님 그림자에
기대어

기억

해가 짧은 겨울 저녁
저녁밥 일찍 챙겨 먹을 때
엄마는 고슬고슬 갓 지은 밥 한 그릇 얼른 퍼서
행여 식을 새라 장롱 이불 속 깊이 넣어둔다

라디오를 켜놓고 방바닥에 엎드려 숙제를 하며
밥숟가락 채 마르지도 않았는데
벌써부터 출출해지는 긴 겨울밤

가끔은 군고구마나 풀빵을 사들고
가볍게 걸어오시던 아버지를 기다리며
행복했던 기억

호상(好喪)은 없다

병원 장례식장 특1 호실
올해 89세인 고인의 빈소가 마련된 곳
자식들 얼굴이나 실컷 보고 가야겠다며
이틀째 눈 한번 깜빡이지 않고 내려다보는
영정사진 앞에서
죄스러운 상주(喪主)는 고개도 제대로 들지 못한다

마지막 가시는 길
꼭 찾아봐야 한다며 분주히 오가는 문상객들과
맞절 후에 나누는 인사
'서운하시겠지만
어차피 한번 가야 할 길
그래도 그 연세에 호상(好喪)이네요'

갑자기 가슴이 턱 막힌다

후회와 아쉬움이 밤새 향불로 피어오르는 빈소 아래로
오히려 숨어들고 싶은 상주(喪主)는

문상객이 끊어진 자정 넘은 시간
참았던 눈물 쏟으며 울부짖는다

'그래, 호상(好喪)은 없다
세상 어느 죽음 앞에서도 호상(好喪)은 없는 법이다'

손짓

어쩌면 오늘이
마지막 보는 것일 수도 있는데
조금만 더 있다 가라는 아흔 넘은 노모 말씀에
쉽게 발길이 떨어지지 않아 주저앉아 보지만

정작 당신은 귀가 어두워
몇 마디 얘기 나누지도 못하고
서로 얼굴만 멀뚱히 쳐다보다
문갑 위에 놓인
어머니 회갑 때 고운 한복 입고 찍으신
사진만 만지작거리자

'아마도 그 사진이
내 영정 사진이 되지 않을까 싶다'며
애써 웃으시길래,
쓸데없는 얘기 말라며 황급히 집을 나선다

지팡이를 짚고

문 앞까지 따라나서며 배웅해 주던 엄마

한참을 걸어오다 돌아보니 아직도 돌아서지 못하고

어서 가라며 파리한 손을 내젓는데

그 모습이 마치 다시 오라는 듯 애처로워

미안한 마음에 얼른 골목길을 돌아서

참았던 눈물을 훔친다

가족사진

친한 친구 초상집 가셨다
얼큰하게 취해 돌아오신 아버지

오늘이 당신 생애 제일 젊은 날이라며
행여 내가 죽고 나서도 자식들에게
더는 늙은 모습 보여주기 싫다고
지금이라도 가족사진 한 장 찍어 두자고 재촉하시어
식구들 모두 하릴없이 동네 사진관으로 모였다

아껴두었던 옷을 꺼내 입고
제각기 자신 있는 포즈로
비록 어색한 웃음이지만
서로에게 퍼즐 조각이 되어
가족이라는 그림판을 맞추어 가자고

우리 여섯 식구
아직은 한참 젊으신 아버지 등 뒤에서
열심히 김치를, 치즈를 연습하고 있다

거미 할멈

몇 해 전, 함께 살던 영감 떠나보내고
홀로 지내는 거미 할멈
밤사이 나뭇가지 사이로 아담하게 집 지어 놓고선
노곤한 몸 잠시 누웠다 배가 고파 둘러본 그물엔
새벽이슬 두어 방울과 바람에 날려온 나뭇잎 한 조각

이제는 눈도 침침하고 허리도 굽어
쉽게 집 밖으로 나서지 못해 망설여지는데
행여 이런 날엔
멀리서 자식들이라도 찾아오려나
저 멀리 마을 어귀 쪽으로
허기진 배 움켜쥐고 까치발 들어 내려다본다

이사

이사를 하고
새집에 엄마를 초대했다
현관문을 들어서서 집안을 슬쩍 둘러보고는
아내 손을 잡고
'고맙다 아가. 고생했다.
내가 해준 게 없어서 너무 미안하다'며 울먹이신다

하지만
새집에서 따뜻하게 지낼 내가 더 미안하다
엄마는 여전히 낡은 집에서
한겨울 외풍을 두꺼운 목도리로 맞서야 하실 것이다

신문 부고(訃告) 란

오늘 자 조간신문 부고 란
어김없이 누군가는 고인이 되어
짧은 프로필만 남긴 채 떠나고
남겨진 자녀들과 미망인은
아쉬운 고인의 흔적 위를 걸어가야 할
특별한 이유가 되어 지면(紙面) 속에 남는다

연을 날리다

바람이 심하게 부는 날
어릴 적 아버지와 집 뒤 야산에서
함께 연 날리며 행복했던 추억

그냥 얼레를 잡고만 있어도
바람을 타고 멋지게 하늘로 솟구치며
술술 풀려나가는 희망이
힘든 삶 속에 언제나 함께 있음을
그때의 아버지처럼
나도 아들에게 알려주고 싶다

스마트폰

귀가 많이 어두운 어머니
이제 전화 통화마저 점점 힘들어져
영상통화로 얼굴이라도 볼 수 있게
스마트폰으로 바꿔드렸다

하루 종일 화면 누르고 밀고 시름하며 애써 배우셨는데
혼자 해보라고 넘겨주니
어두운 화면 한참 들여다보다 난감한 듯 슬쩍 쳐다본다

큰 목소리로 똑같은 얘기 반복하느라
슬슬 지쳐 가기도 하지만
스마트한 물건 다루는 게
팔순 어르신께 어디 만만한 일이랴 싶어
마음 다잡고 차근차근 설명해 주니

그래도 자식들과의 유일한 연결 끈은 놓치기 싫은 듯
눈을 끔벅이며 멀미가 날 정도로 열심이시다

외국말

남쪽 바닷가 고향에 계신 엄마가
막내아들을 보러 서울로 오셨다

서울역에서 전철을 타고 함께 집으로 오는 길
나란히 앉아 그동안 밀린 얘기 하느라 정신이 없는데
맞은편에 앉은 다섯 살쯤 사내아이가
옆자리 엄마에게 큰소리로 하는 말

'엄마! 저 할머니 한국 사람인데 외국 말하는 거 같아.
이상하다 그지?'
영문을 모르는 엄마 주위로
키득거리는 서울 사람들의 웃음소리가 순간 몰려온다

달력

엄마 집 달력은 온통 빨간색이다
자식, 손주들 생일
먼저 간 남편 기일
시부모 제삿날
병원 약 타러 가는 날
.
.
그런데 정작 당신 생일은
눈을 씻고 찾아봐도 보이지 않는다

아버지

일흔도 채 못되어 돌아가신 아버지
조금이라도 더 함께 하셨으면 얼마나 좋았을까
아쉬운 마음 들다가도
한편으론
아버지를 기억할 때마다
늙고 추한 모습은 하나도 없고
흰머리조차 몇 가닥 되지 않던
단정한 얼굴만 생각나
오히려 그걸로 위로를 삼기도 한다

치매

그동안 생각이 너무 많았다
기억해야 할 것도 너무 많았다
이제 더 이상은
생각 총량제에 걸려 어쩔 수 없다

마음이 내키는 대로
눈치 보지 말고 행동하기
마음이 시키는 대로
어린아이로 돌아가기

벌초를 하다가

우리 삼 형제
햇살 따스한 한식 날 아침
나란히 모신 부모님 산소에 정답게 모였다
몇 해 전 심은 배롱나무는 가지가 제법 튼실해졌고
철쭉이랑 동백도 완전히 자리를 잡았다

형은 예초기를 돌리고, 동생은 낫질을
나는 갈퀴를 잡고선
살아생전에 못한 효도라도 하려는 듯
땀을 뻘뻘 흘리며 열심인데

봉분 아래로 깔끔하게 잘려 나간 풀들을 긁어모으며
순간 '저 풀들이 다 부모님께서 내어주는 돈이라면
이렇게 벌초하는 재미가 쏠쏠할 텐데' 라는
못난 생각이 들어 혼자 실없이 웃어본다

욕심

명절 날 아침
차례를 지내고 가족들 옹기종기 모여
두런두런 얘기 나누며 식사를 하고
과일이랑 커피를 마시며 행복한 시간을 보내고 있습니다

그러는 사이 며느리들은
서둘러 설거지를 끝내고 한숨 돌리며
친정 갈 눈치만 보고 있을 때
거실에 그득한 자식, 손주들 둘러보며
흐뭇해하시던 엄마가 얘기합니다
'며늘아기야~
좀 있으면 애들 고모 온다는 데
놀다가 얼굴 보고 저녁에 친정 가면 어떨까?'

순간, 며느리들 얼굴색이 살짝 바뀌고
분위기가 싸늘해집니다
참 욕심 많은 우리 엄마입니다

길위에서

갯벌 풍경

파도를 쫓아 저 멀리 수평선 쪽으로
한참이나 달아나버린 밀물의 시간
노랑부리저어새가 소일거리를 찾아
한가롭게 거닐고 있는 신안 섬 압해도 갯벌

그곳에서도 심술 맞기로 유명한 짱뚱어 한 마리가
칠게 집을 강탈하려다 들켜 쫓겨나자
이웃에 사는 친구에게 괜히 시비를 걸어
영역 싸움을 합니다

입을 크게 벌리고 등지느러미를 높이 세운 채
몸까지 던져가며 맹렬히 싸우던 고약한 녀석은
결국 약한 친구를 밀어내고
새로 생긴 집으로 쏙 들어가더니
이내 마음에 드는 듯
눈을 넣었다 뺐다 하며 기분 좋은 휴식을 취합니다

위미, 동백 또 동백

몸국을 먹어야 제주가 실감 난다는
친구와 찾은 겨울 제주

먼나무 붉은 열매가 꽃처럼 피어 반겨주는
가로수 길옆 가게에서
보말 죽과 몸국으로 해장을 하고선

동백을 봐야 비로소 제주가 보인다며
친구를 끌고 찾아간 위미

까만 돌담 구멍으로 바람이 울며 지나가던 골목 사이로
맥없이 쓰러져간 꽃잎들이
뒷마당 가득 피눈물 모아 놓고
긴 울타리 쳐서 앉아있다

대문조차 없는 낡은 집에선
하얀 고무신 한쪽 걸친 주름 깊은 어르신께서
툇마루에 걸터앉아 하염없이 밖을 내다보며 앉았고

향기 잃은 꽃잎들은

그나마 아직 붉은색으로 남아

한 번쯤 돌아봐 달라고 애원하는데

때마침 눈발이 날려 그마저도 덮어버린다

굴업도(掘業島)

덕적도 지나 뱃길로 한참을 더 달려야

반짝이는 얼굴 보여주는 백사장

바람이 자꾸 섬으로만 몰려와

한껏 부푼 모래 언덕에

속절없이 수크령은 흐드러지고

그 사이로 바람을 피해 몸을 숨긴 꽃향유

소사나무숲을 보금자리 삼아

서너 마리씩 무리를 지어 떠도는 꽃사슴 가족은

모래바람에 점점 말라가는 나뭇잎마저

고개가 닿는 쪽으로는 남은 게 많지 않아

자꾸만 개머리 언덕 너머 큰 섬을 향해 눈길을 보내고

하릴없이 섬과 한 몸이 되어버린

몇 안 되는 주민들만

여전히 고향을 지키며

엎드린 채 모래땅을 파고 있다

올레길

걷다 보면 속이라도 후련해 질까 싶어
슬픔을 삭이며 걷는 올레길에선
마주치는 이 드물어
흐르는 눈물 닦아낼 필요 없지

제각각 사연 가득 가방에 메고
묵묵히
앞서간 사람들이 눈물로 밟고 지나간
짙은 숲길을 지치도록 걷다

어느새 눈물이 마를 때쯤 이면
밭 담길 울며 지나가던 바람도
한층 순해져 저만치서 팔 벌려 기다리고 있겠지

도피안사(到彼岸寺)

무엇을 찾아 여기까지 왔나
북위 38도
녹슬어 버린 철책은
차마 타고 넘을 수 없어
속세에 그을린 시커먼 철불(鐵佛) 되어
우두커니 앉아 있는 비로자나불

길 잃은 고라니가 가끔씩 들러 목을 축이곤
고약한 울음으로 길을 물어도
묵언(默言) 중인 스님은 애써 침묵하며
피안(彼岸)의 문을 애타게 두드리고 있다

죽파리 자작나무

고향의 겨울보다 더 춥다는 올겨울 한파에
새하얗게 질린 채 떨고 있는 죽파리 자작나무

지치도록 걷고 싶어 찾아온 월요일의 숲에는
침묵조차 말을 걸어오지 않아
오래도록 고독의 시간마저 황홀한 데

가지가 툭툭 끊어져 나간 휑한 아랫도리 사이로
무심한 바람이 언뜻 스쳐 지나가자
슬쩍 내비치던 햇살에 가볍게 재채기 일더니
이제는 글러버린 참선의 시간

아뿔싸! 어느새 망상은 머릿속을 헤집고
흔들리는 이파리들 사이로 힘껏 달려드는 번뇌

상사화

이름마저 정거운 부안(扶安) 마실 길
뜨겁던 햇살도 바닷바람에 서서히 식어갈 때쯤
송포항 지나 언덕 너머 흐드러지는 붉노랑 상사화

먼저 나온 잎을 쳐내고서야
고고한 자태 보여주는 욕심 많은 꽃
하지만 무리 지어 둘러선 그 어디에서도
몸이 달아오를 사랑은 찾을 수 없는지

이제는 아예 고개 너머 저 멀리
불갑사 앞마당으로
불화살을 사정없이 내려 꽂는다

물영아리 오름

며칠 전 큰 비가 내려
설레는 마음으로 오르는 물영아리 오름
분화구에 고인 물웅덩이에 잔잔히 비칠
산딸나무의 일렁임을 기대하며
가파른 계단도 마다 않고
한달음에 오른 산정(山頂)

하지만
까마귀 소리 울려 퍼지는 그곳에선
먼저 도착한 노루 한 마리
이미 말라버린 바닥에 엎드려
입맛 쩍쩍 다시며
새파란 한라(漢拏)의 하늘만 멍하니 바라보고 있다

들꽃

외로워서
외롭게 걷던
지리산 둘레 길 3구간 어디쯤
홀로 핀 들꽃 보았지

힘들게 걷고 있는 나에게
이렇게 흔들리며 버티고 있는
자기 얘기 좀 들어보라며
반갑게 손 흔들고 있었지

외롭다는 건
누군가를 간절하게 기다리는 것이지

겨울, 남도여행

보기 드물게
남도에 서설(瑞雪)이 내린 날
장흥 천관산 동백 숲에선
겨울을 버텨 한껏 멋을 낸 아기 동백들이
숲을 환하게 밝히지만

더러는 계절과의 싸움에서
아픈 상처만 남긴 채 쓰러져 있고
더러는 삶의 무게에 눌려
더 이상 버틸 자신이 없는지
스스로 목을 꺾어 땅으로 떨궈 버리기도 한다

하지만 너는 시간을 건너
이맘때쯤 어김없이 돌아올 것이고
나는 화려한 너를 만나러
서둘러 먼 길을 찾아올 거야

개심사(開心寺)

용현리 마애 삼존불에게서 받은
백제의 미소를 가슴에 안고
인근 운산면 개심사에
청벚꽃이 만개(滿開)하였다 하여 들렀다

가파른 오솔길 넘어 일주문 들어서자
서둘러 나선 발걸음 앞으로
이미 터져버린 푸릇한 향기

처마 끝 풍경은
꽃잎에 이는 가벼운 바람에도
금세 알아채고 반갑게 달려드는 데
소를 찾아 떠난 목동은
향기에 취해 어디선가 낮잠을 자는지
흔적도 보이지 않고

살며시 열고 들여다본 대웅보전 부처님도
더 이상은 참기 힘들어

가슴을 풀어 헤친 채
반쯤 눈을 감고 졸고 계신다

살아가면서

숙제

학교만 졸업하면 이제 숙제는 없을 줄 알았다
착각이었다

지금은 그 누구도 나에게 숙제를 내주지 않는다
그래도 매일 숙제를 해야 한다
자꾸만 숙제가 생긴다

오늘만 하면 내일은 없을 줄 알았다
착각이었다

오히려 숙제가 점점 늘어나는 것 같다
차라리 학교 다닐 때가 더 좋았다
그때는 방학이라도 있었다

신혼부부

아직 깨 볶는 냄새가 채 가시지 않은
앞집 신혼부부의 달콤한 저녁 시간

오늘 메뉴는 두부 된장찌개
정답게 저녁 식사를 준비하던 부부가
부엌에서 난데없이 말싸움을 벌인다

신랑은
찌개에 두부를 정사각으로 두툼하게 썰어야 한다고
신부는
그게 아니라, 납작하게 직사각으로 썰어 넣어야 맛있다고
그래야
우리 엄마가 해주던
된장찌개 맛이 제대로 난다고.

일심동체

한솥밥 먹고 같은 이불 덮고 잔다고
서로를 다 아는 건 아니다.

함께 산 지 30여 년
애들도 두 명이나 여우 살이 시켰고
힘든 이사도 여러 번
쉼 없는 집안 대소사 헤쳐내며
흰머리와 주름으로 맞는 결혼기념일
그 지독했던 일심동체(一心同體)의 시간

하지만
오래 함께 살았다고 서로를 다 아는 건 아니다

거리 두기

살아남기 위해
나무들도 거리 두기를 한다
팔 뻗으면 닿는 곳에 누군가가 있어
함께 위로하며 살기도 하지만
부대끼며 상처받는 일 또한 한 두 번이랴
가까이 있다고 마냥 좋은 것만은 아닌 것 같다

밥값

청계천 나주곰탕 집에서
친구 둘이 식사를 마치고
서로 밥값을 내겠다며 옥신각신한다

참, 보기 좋은 모습이라며 쳐다보다
문득 나는 제대로 밥값이나 하고 살고 있나 생각이 든다

밥값 하기 쉽지 않은 세상
나의 밥값은 오롯이 나의 몫이지만
그래도 가끔은
내가 누군가의 밥값이 되고
누군가가 나의 밥값이 되기도 하며 그렇게 살아간다

해거리

나무도 안다
힘들면 쉬어야 한다는 것을
때가 되면
더 많은 것을 내어주기 위해
스스로 몸을 쉬며
속으로 채우기만 할 때라는 것을

그냥

그냥

참 좋은 말이다
상대방의 마음을 애써 읽을 필요도 없고
어떤 계산도 목적도 없는 말

부모가 자식들에게
친구들끼리
연인들 사이에
아무 때나 전화해
그저
밥은 잘 먹고 다니느냐
보고 싶구나
사랑한다는 말 대신 쓰는

그냥

불행 중 다행

누군가를 위로하며
건네는 말
'불행 중 다행이다'
하지만
불행이어서 다행일 리가 없다
그냥 불행인 거다

고해성사

쉽지 않은 고백이었다
양심에 가책이 되어
후회를 남기고 싶지 않아
어렵게 선택한 고해성사

하지만
털어놓는다고
잘못이 사라지는 것도
마음이 온전히 편해지는 것도 아니더라

속도를 줄이시오

우리는 모른다
저 굽이 돌아서면 무엇이 나올지
태백에서 봉화로 이어지는 35번 국도
한적한 그 길을 자동차로 넘어가다
행여 우리가 속도에 뺏기고 있는 것들을
놓치지 말고 잘 보면서 지나가라고
누군가 커브 길 곳곳에 친절히 심어 놓은 팻말
'속도를 줄이시오'

전당포

사는 게 넉넉하지 못했던 시절
시내 곳곳에서 흔히 볼 수 있었던 전당포
급하게 필요한 돈을 마련할 수 있어 좋았지만
가끔은 맡겼던 물건들을
다시 찾아오지 못하는 일도 있었다

요즘은 보기 드문 그곳들이
더 이상 없어지기 전에
얼마 남지 않은 나의 청춘을
영원히 맡겨 놓고 싶다

불혹(不惑)

돌아보면 그때가 가장 많이 흔들렸던 것 같다
그래서
불혹이라는 말이 생긴 게 아닐까

아직 갈 길은 먼데
자칫 인생의 부록으로만 남을 수는 없기에
흔들려도 혹하지는 말자고
수없이 다짐하던 불혹의 시기

벌목

그동안 고생 많았지?
비에 젖고 바람에 흔들리면서
그 자리 지켜오느라
다리도 아프고 허리도 아플 거야
이제 마음 편히 좀 쉬어

밥 한번 먹자

저녁 약속이 있어
급히 을지로 골뱅이 골목을 지나다
우연히 마주친 학교 동창 녀석이
의례적인 몇 마디 나누다 돌아서며
툭 던지는 말
'다음에 밥 한번 먹자'

하지만
'밥'을 그렇게 쉽게 볼 것인가?

관심

화요일 저녁 8시
미세먼지 가득한 종각 지하상가를
부지런히 걷고 있을 때였다

'도에 관심이 있으세요?'
깜짝 놀라 돌아보니
화장기 없는 얼굴에 머리를 질끈 묶은 아가씨가
내 뒤에 바짝 붙어있다

나는 대답 대신 손을 내젓고는
황급히 걸으면서 속으로 생각한다
"아니요! 돈에 관심이 있는데요"

폐차장에서

이것이 현실이다
이것이 네가 살아온 과거다

눈앞에 보이지 않느냐
더 이상 변명하지 마라
계기판에 찍힌 숫자, 카시트에 묻은 커피 자국
앞 유리창에 부딪쳐 사라져 간 수많은 날벌레의 흔적들

누군가를 대신해 한마디 불평 없이
어두운 밤길 혹은 거친 산길도 마다 않고
열심히 달려온 너의 모습이
그대로 남아있지 않느냐
그래도 한 번쯤은 억울해 하겠지
그렇게 살아온 것이 전부 네 생각은 아니었다고
너에게는 옳다 그르다 말할 기회조차 없었다고

돌아서면 다시는 만나지 못할 운명
언제까지나 함께 하고픈 마음 간절하다고

하지만 그러기엔 이미 몸은 지쳤고 눈도 침침해져
아쉬움 속에 작별을 고한다

이것이 현실이다
이것이 바로 네가 살아온 과거다

My Way

퇴근길 1호선 전철
지친 눈을 감고 졸고 있을 때
갑자기 들려오는 팝송에 반쯤 눈을 떠 보니
'한국인이 가장 사랑하는 올드 팝'CD 외판원이다

코레일에서 이름 붙여준 잡상인의 한 부류이지만
그래도 음악을 파는 다소 고상한 떠돌이 예술인이다

스스로 DJ가 되어
기분에 따라 마음껏 선곡하며 전철 칸을 이동하다
어느새 쫓아온 역무원을 발견하곤
플랫폼 가득 프랭크 시나트라의 My Way를 틀며
유유히 동묘역 2번 출구 쪽으로 걸음을 옮긴다

그네

싱그러운 바람 몰고
뛰어오는 예쁜 아이야
저 멀리서 팔짝팔짝 들려오는
앙증맞은 네 발소리에
벌써 내 맘이 흔들리고 있어

까르르 웃는 깃털 같은 너를 안고
오늘은
햇살 가득한 저 하늘 너머로
마음껏 데려다줄게

기다림

너에게
편지를 부치고 돌아서자마자
기다림은 시작된다
아니, 어쩌면
편지를 쓰면서부터
시작되었을 지도 모른다

설렘으로 잠 못 이루던
불면의 밤마저 달콤했던 청춘

기다림은 언제나 착한 편이다

연필

좁고 어두운 통 속에서
몸을 숨기고 차례를 기다리다
때가 되면
그동안 참아왔던 속내
까맣게 갈겨버리곤
다시 불러 주기만을 기다리며
얌전히 들어앉는 구금(拘禁)의 시간

햇살

오뉴월 따가운 햇살
그냥 내버려 두기 아까워
마당에 이불을 널다
문득 이참에
찌들고 상처받은 내 마음도
함께 널어 말리고 싶어졌다

조바심

나도 그런 시(詩) 한편 쓸 수 있을까
비록 몇 안 되는 구절이지만
한꺼번에 다 읽기 아까워
몇 번씩이나 덮었다 폈다 하며 아껴 읽는 그런 시(詩)

한번 읽고 나서는 가슴이 너무 먹먹해져
밑줄 그어가며 다시 읽고 선
눈에, 가슴에 꼭꼭 담아두고 싶은 시(詩)

그리고
읽으면 읽을수록 생각이 많아져서
고개 들어 한참을 하늘 바라보게 만드는 시(詩)

원룸

지처 돌아오는 퇴근길
집 앞 나들가게에서
막걸리 한 통을 산다

혼자 놀다 지처
아무렇게나 뒤집어진 신발들과
홀아비 냄새 가득한 낡은 운동복이
팔다리 벌려 반겨주는 원룸에서

6시 내고향을 앞에 두고 차려낸
묵은 김치랑 두부 한 접시에
급하게 양은그릇 가득
막걸리 한 사발 들이켜면

안달 난 목구멍에선 흙냄새가 나고
찌릿한 가슴에선 땀 냄새가 난다

캬~하고 내뱉는 숨에선

오늘을 스쳐간 사람 냄새로 가득하다

| 에필로그 |

이제 마음이 한결 가볍다.

오랫동안 가슴에 묵혀오던 이야기를 이렇게라도 할 수 있어서.

그리고 한편으론 설렌다.

과연 나의 이야기에 조금이라도 공감하는 사람이 몇이나 될지.

비록 반응이 시원치 않더라도 언젠가 나의 머릿속에 하고 싶은 이야기들이 가득 차게 되면 또 '돈 안 되는 일'을 벌여야 할지도 모른다.

가끔씩 생각을 붙들고 물음이 필요할 때, 아마 나의 습작 노트는 한 페이지 씩 늘어날 것이다.

못난 시집 출간에 맞춰 선물처럼 다가와 준 외손주 녀석이 살아갈 아름다운 세상을 위해, '선한 영향력'을 더 고민하며 살아야겠다

위미, 동백 또 동백

김상진 시집

인쇄 2023년 2월 27일

발행 2023년 3월 10일

발행인 이은선

발행처 반달뜨는 꽃섬 [서울시 송파구 삼전로 10길50, 203호]

연락처 010 2038 1112   E-MAIL itokntok@naver.com

ⓒ 김상진 , 저작권 저자 소유

ISBN 979-11-91604-18-4 (03800)